Sommaire

Bienvenue au bébé qui entre dans votre vie !

22 juin - 22 juillet

Cette naissance est placée
sous le signe du

Cancer

Bon vent, petit Cancer !

La saison du signe du Cancer est le début de l'été.

Son élément, l'eau, évoque l'océan,
les marées et la maternité.

Ses points forts sont la mémoire
et la fidélité aux traditions.

Son astre, la Lune, représente la femme,
l'imaginaire et l'enfance.

Petit Cancer est peut-être d'une nature introvertie
mais il est d'excellente compagnie. Il prend parfois
ses rêves, ses craintes ou ses désirs pour la réalité
afin de se protéger de son extrême sensibilité.
Personnalité généreuse et constante, avec lui, on se
sent vite à l'aise. Il a beau être dans la lune, sa poésie
nous touche. Il sait toujours nouer des liens.

Une merveille de bébé !

Un visage lunaire long ou rond,
des yeux où on lit tour à tour
le rêve et l'intérêt profond,
ce bébé si câlin et tendre
vous paraît bien mystérieux.
Il semble beaucoup apprécier
le langage et compte
sur votre disponibilité.
Vous découvrez, émerveillés, qu'il comprend tout, et c'est vrai !

Tout ce qui l'entoure le fait vibrer mais
c'est surtout vous, vous et encore vous
qu'il regarde avec passion. Alors, de cajoleries
en risettes, de fous rires en belles histoires,
de jour comme de nuit, vous vous dévoilez
votre amour : un peu, beaucoup, à la folie !

Le caractère de petit Cancer

Petit Cancer possède
ses entrées privées
dans le monde
merveilleux des fées,
des lutins et des sirènes.

Il s'évade pour les retrouver, en rêvant et en lisant. S'inventant
des histoires dont il est le héros, il vit ainsi plusieurs vies.

S'il se montre parfois hésitant à partir à
la découverte du monde, n'ayez crainte, son
apparente carapace n'est pas une porte blindée.
Il est avide de connaissances et fait ses propres
expériences. Prudent, il trouve souvent une
personne de son entourage prête à l'encourager
ou à lui prodiguer la protection dont il a besoin.

Attiré par le monde marin, il appréciera
de pratiquer des activités nautiques comme
la natation, la plongée, la voile ou le canoë,
sans pour autant vouloir participer
à des compétitions. La piscine ou les descentes
de rivière en famille seront bien plus à son goût.

Vous serez étonnés du succès qu'il aura auprès des bébés
ou des tout-petits. Sa douceur et sa sensibilité semblent les attirer.
Il sait leur parler et leur raconter des histoires. Sentent-ils qu'ils ont

en face d'eux quelqu'un
qui n'est pas décidé
à quitter
les bonheurs
de l'enfance ?

Il a du mal à s'imposer et vous devrez parfois, sans toutefois le bousculer, le pousser un peu en avant. Il cachera, derrière une certaine nonchalance, et même parfois un côté paresseux, sa peur d'intégrer pleinement le monde réel. Petit Cancer, en avant ! Ce monde-là t'appartient aussi.

Petit Cancer vous offre une mine de mots d'enfants, tous plus touchants les uns que les autres. Son imagination et son inventivité lui inspirent des reparties qui vous laissent bouche-bée par leur drôlerie ou leur pertinence.

Jamais rassasié de marques d'affection, petit Cancer a tendance à exagérer. Il pleurniche, vous fait des reproches ou vous regarde avec un air de chien battu. Il va même jusqu'à somatiser. Un brin d'humour tendre le remet à sa place en douceur. Et vous ne lui en voulez pas car il sait aussi être attentif à vos humeurs.

Grand consommateur d'images,
il est toujours partant pour aller
au cinéma voir le dernier film
pour enfants. Il adore aussi les jeux sur CD-rom

et les clips musicaux de la télévision. Émotif, il vaut mieux lui éviter
la vue de scènes violentes, il risquerait de faire des cauchemars.

Certains enfants sautent de joie à l'idée de partir en colonie
de vacances, mais ce n'est généralement pas
le cas de petit Cancer.

S'il s'inscrit avec
enthousiasme à
un stage de son choix,
il le fera d'autant plus
aisément qu'il est sûr
de vous retrouver
après ses activités.

Pour l'habituer progressivement à la séparation, prévoyez plutôt un séjour chez son parrain ou ses grands-parents adorés !

Petit Cancer n'est pas agressif mais si on se moque de sa timidité, ou si on insiste trop lourdement pour lui faire intégrer un groupe, il se défend. Il prendra le dessus sur les importuns, à sa manière, en leur parlant de tolérance et de respect.
Qu'ils prennent donc des pincettes avant de se faire pincer !

Petit Cancer en famille

Les fêtes de famille et surtout les fêtes traditionnelles comme Noël, Pâques ou les anniversaires réjouissent petit Cancer. Un Noël sans sapin, pas question.

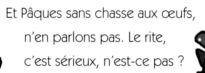

Et Pâques sans chasse aux œufs, n'en parlons pas. Le rite, c'est sérieux, n'est-ce pas ?

Il évoquera souvent et avec nostalgie les souvenirs du passé.

À vous les après-midi pluvieuses à feuilleter les albums de famille. Les portraits de lui bébé l'intéressent au premier chef. Vous lui racontez, attendris, des anecdotes à son sujet. Et petit Cancer est tout rasséréné. Oui, vous l'aimez, et depuis des années !

Tout ce qui vient de ses parents
est d'une importance extrême :
il conservera jalousement les petits
mots tendres que vous lui adressez.
Il dormira avec le pull
que vous venez de lui offrir.

Il sera particulièrement sensible à une preuve
précieuse de votre amour comme un cadeau
bien pensé, destiné à lui et à lui seul.

Si proche et si tendre,
petit Cancer gagne à force
de charmes une place de chouchou. La présence
de frères et sœurs, s'il en a, le stimule pour
d'autres relations, lui apprend à apprécier
la différence et à ne pas réclamer en permanence
un régime de faveurs !

Petit Cancer et ses copains

Petit Cancer aime le duo en amitié.
Il lui apporte son lot d'attention et de stabilité.

Passer de longs moments à dessiner
avec son copain, faire ensemble leurs devoirs,

se retrouver régulièrement pour pratiquer
une activité : c'est grâce
à cette continuité que
petit Cancer trouve
le moyen d'échapper
à sa réserve.

Subtil, sociable et même jovial, il attire beaucoup de personnes
mais il fait son choix prudemment et n'aime pas être bousculé.
Il trouve les bandes trop bruyantes. Le goût de la provocation
et l'esprit de rivalité qu'elles induisent parfois ne lui plaisent pas.

Adolescent, il préservera son intimité et sera le séducteur lointain vous attirant dans son monde plutôt qu'un simple suiveur de groupes.

Complicité heureuse avec petit Taureau, un autre petit Cancer, petit Vierge, petit Capricorne et petit Verseau.

Bonne entente avec petit Bélier, petit Gémeaux, petit Balance, petit Poissons et petit Scorpion.

Pas vraiment d'atomes crochus avec petit Lion et petit Sagittaire.

À table, petit Cancer !

Petit Cancer aimera plus que tout être nourri au sein de sa maman et ce le plus longtemps possible.

Passée cette période bénie, il préférera la cuisine «maison» à toutes les autres. Ses goûts sont simples mais exigeants. Une ambiance sereine pour profiter d'un repas de qualité et sa digestion est assurée !

La santé de petit Cancer

Petit Cancer est sujet aux maux de tête.
Un simple courant d'air ou une sensation
de faim peuvent les provoquer.
Les petites indigestions,
les malaises en voiture,
un gâteau de trop ou un souci qui ne passe pas,
et voilà que petit Cancer est pris de nausées désagréables.

En bref, il a tellement
besoin qu'on soit aux
petits soins pour lui que,
malade réel ou imaginaire,
il vous demandera
beaucoup d'attention
et de disponibilité.

Petit Cancer à l'école

À chaque rentrée des classes, petit Cancer,
pas très rassuré, regarde avec attention
ses nouveaux camarades et professeurs.

Fin psychologue, il saisit vite quels seront
ses alliés parmi les différentes personnes qu'il s'apprête à côtoyer.

Il sera à son aise dans les matières demandant de la créativité
et sera souvent applaudi pour une rédaction pleine d'humour
ou de sensibilité. Regarder vibrer
les cellules vivantes sous
la lentille du microscope
ou frémir à l'écoute du récit
des batailles célèbres,
voilà qui rend l'école
attractive pour petit Cancer.

Il rentre parfois tourneboulé d'une journée où son professeur préféré lui a fait remarquer que sa moyenne avait baissé ou parce que son voisin de table l'a déstabilisé par ses pitreries.

Ses atouts pour réussir :

Ses dons artistiques l'aideront à se faire remarquer. Son sens de la coopération et sa gentillesse font merveille dans les professions privilégiant le contact.

Son sens aigu des traditions et son goût pour l'histoire le pousseront peut-être à reprendre la profession d'un de ses parents.

Qu'il soit cinéaste, obstétricien, photographe, hôtelier, décorateur, psychologue, conteur ou romancier, il cherche à conserver sa créativité et sa spontanéité dans un cadre très structuré.

Les symboles de petit Cancer

Son bouquet : de grands lys blancs et des coquelicots.

Son jour : le lundi.

Son parfum : le jasmin, le muguet,
la violette et la fleur d'oranger.

Ses minéraux : la turquoise, la perle fine et la pierre de lune.

Ses amies les bêtes : le crabe, le chat,
le caméléon et la grenouille.

Ses couleurs : le gris perle et le blanc argenté.

Petits Cancer célèbres :
L'actrice Isabelle Adjani.
L'écrivain Marcel Proust.
Le poète Jean Cocteau.
Le footballeur Zinedine Zidane.

Petit Cancer et ses ascendants

L'influence de l'ascendant renforce
ou atténue certaines tendances du caractère.
Voici quelques petites indications qui compléteront les observations
esquissées dans ce portrait de petit Cancer.

Petit Cancer ascendant Bélier :
Rêveur mais conquérant ! Bien sûr, il ne quitte pas
complètement ses chimères mais il sait aussi passer
à l'action. Il a un grand sens du devoir et reste très influencé
par sa famille.

Petit Cancer ascendant Taureau :
Une bonne volonté… Son caractère est si facile qu'on abuse
parfois de sa gentillesse. Souvent casanier, il accueille plutôt
qu'il ne s'invite. Il est distrait mais cela ne porte pas
à conséquence.

Petit Cancer ascendant Gémeaux :

Imaginaire et créatif… Il a du mal à devenir grand et voudrait sans cesse attendrir son entourage. Il cherche des protections et se tourne souvent vers plus mûrs que lui : artiste en quête de mécène ?

Petit Cancer ascendant Cancer :

Un côté clown. Toujours apte à s'émerveiller, c'est un conteur-amuseur-scénariste en herbe. Plutôt nonchalant, il sait pourtant se mettre au travail. Il adore se déguiser.

Petit Cancer ascendant Lion :

Vivement demain ! À la poursuite de ses rêves, il oublie parfois le présent et sa réalité. Il est très attaché à la famille. Généreux et idéaliste, il cultive son côté boy-scout.

Petit Cancer ascendant Vierge :

Une nature artiste. Son sens pratique et sa minutie sont des atouts précieux. Il est timide, craint les déceptions mais se sociabilise dans des activités altruistes. Il aime le dessin et la photographie.

Petit Cancer ascendant Balance :

Charme et talent. Il réussit s'il se sent épaulé et aimé.
Profondément généreux, il cherche à semer le bonheur
partout et pour tous. C'est un champion de l'hésitation.

Petit Cancer ascendant Scorpion :

Intuitif et émotif : il pressent souvent justement ce qui va lui
arriver et fait confiance à ses attirances spontanées.
Les voyages et l'évasion en général l'attirent.
Il veut tout comprendre du monde !

Petit Cancer ascendant Sagittaire :

Très positif : les épreuves le rendent fort et il saura se protéger
plus tard des relations ou des situations douloureuses. Il parle
très tôt d'être parent à son tour et les enfants le passionnent.

Petit Cancer ascendant Capricorne :

Contradiction ou opposition ? Il passe de la confiance
à l'inquiétude et se montre imprévisible. Il en fait parfois trop
et a tendance à se plaindre. Il est très sensible et poète.

Petit Cancer ascendant Verseau :

Chaleureux et inventif : sa peur des contraintes le rend parfois velléitaire, pourtant il a des idées, beaucoup d'idées et a besoin d'un cadre pour les réaliser. Il s'intéresse aux sciences.

Petit Cancer ascendant Poissons :

Un cœur d'artichaut : il idéalise les personnes qu'il aime et son hypersensibilité égale sa susceptibilité. Il cultive son mystère et a souvent la tête ailleurs. Il est très à l'aise dans un univers féminin.

Texte : Marie-France Floury
Illustrations : Fabienne Boisnard
L'éditeur remercie tout particulièrement Jacques Boisnard.

ISBN : 201224694.X
Dépôt légal n° 45405 – Octobre 2004 – Édition 01
Loi n° 49-956 du 16 juillet 1949 sur les publications destinées à la jeunesse.
Imprimé en Italie chez Editoriale Lloyd.